문학과지성 시인선 557

빛의 자격을 얻어

이혜미 시집

문학과지성사

문학과지성사에서 펴낸 이혜미의 시집

뜻밖의 바닐라(2016)

문학과지성 시인선 557

빛의 자격을 얻어

초판 1쇄 발행 2021년 8월 24일
초판 6쇄 발행 2023년 2월 7일

지 은 이 이혜미
펴 낸 이 이광호
주 간 이근혜
편 집 조은혜 최지인 이민희 박선우 방원경
펴 낸 곳 ㈜문학과지성사
등록번호 제1993-000098호
주 소 04034 서울 마포구 잔다리로7길 18(서교동 377-20)
전 화 02)338-7224
팩 스 02)323-4180(편집) 02)338-7221(영업)
전자우편 moonji@moonji.com
홈페이지 www.moonji.com

ISBN 978-89-320-3881-0 03810

이 도서는 2019년도 한국문화예술위원회 아르코문학창작기금 지원사업에 선정되어 발간되었습니다.

문학과지성 시인선 557

빛의 자격을 얻어

이혜미

시인의 말

0과 1 사이
혹은
영영과 영원 사이
슬프고 아름다운 것들은
다 그곳에 살고 있었다.

2021년 8월
옥탑에서
이혜미

빛의 자격을 얻어

차례

해설

0

원경

썰물 지는 파도에 발을 씻으며 먼 곳을 버리기로 했다. 사람은 빛에 물들고 색에 멍들지. 너는 닿을 수 없는 섬을 바라보는 사람처럼 미간을 좁히는구나.

수평선은 누군가 쓰다 펼쳐둔 일기장 같아. 빛이 닿아 뒷면의 글자들이 얼핏 비쳐 보이듯, 환한 꿈을 꺼내 밤을 비추면 숨겨두었던 약속들이 흘러나와 낯선 생이 문득 겹쳐온다고.

멀리, 생각의 남쪽까지 더 멀리. 소중한 것을 잠시의 영원이라 믿으며. 섬 저편에 두고 온 것들에게 미뤄왔던 대답을 선물했지. 구애받는 것에 구애받지 않기로 했다. 몰아치는 파도에도 소라의 품속에는 지키고 싶은 바다가 있으니까.

잃어버리고 놓쳐버린 것들을 모래와 바다 사이에 묻어두어서…… 너는 해변으로 다가오는 발자국 하나마다 마음을 맡기는구나. 먼 곳이 언제나 외로운 장소는 아니야. 아침의 눈꺼풀 속으로 희미하게 떠오르는 밤의 마중, 꿈의 배웅.

바래다줄게. 파도가 칠 때마다 해안의 경계선이 손을 내밀듯. 꿈을 밤 가까이 데려오기 위해 우리가 발명한 것들 중 가장 멋진 게 바로 시간이니까.

최대한 위태롭게 새끼손가락을 걸고 바다에 가자. 무게를 잊고 팽팽한 수평선 위를 걸어봐. 멀리를 매만지던 눈 속으로 오래 기다린 풍경들이 쏟아지도록.

재의 골짜기

서로를 헤집던 눈빛이 부서져 휘날릴 때 네가 선물한 골짜기에 누워 깊숙한 윤곽을 얻는다 먼 곳에서 그을음을 퍼다가 쏟아놓고 떠난 사람, 흉한 마음을 모아둔 유곡으로 들어서면 검은 꽃과 삭은 과일들이 가득했지

어스름을 뒤집어 여명을 꺼내면 가라앉는 골짜기마다 환한 어둠들이 차올랐다 그건 너무나 아름다워 깨어져야만 안심이 되는 유리잔 같았지

가시덤불로 반지를 엮어 손가락에 나눠 끼우고 과분한 깊이를 선물 받았다 다정한 너를 오려내어 그 테두리에서 흘러나오는 빛을 바라보고 싶다 열쇠 구멍처럼, 비밀을 속삭이는 입 모양처럼, 뚫린 곳으로부터 뿜어져 나오는 어지러운 문양으로

이마에 역청을 묻혀가며 간신히 엮은 그림자는 한 생을 닳도록 입어야 하는 누추한 겉옷이 되었지 타다 남은 고백들로 이루어진 골짜기에서, 재 속에 눕는 것이 불 위를 뛰노는 것보다 행복하였다

로스트 볼

나는 당신이 내버렸던 과실, 창백하게 타들어가던 달의 씨앗, 단단한 씨앗에 갇혀 맴돌던

비명

마음을 가질 새도 없이 이리저리로 몰려다니다 어둑한 벼랑 속으로 빠져드는 것을 꿈이라고 불렀지 언제 무너질지 몰라 두근거리던 방향만을

가지에서부터 다시 시작하고 싶었어 아마도 먼 나라에서 훔쳐 온 것 말라가는 뿌리를 휘저어 당신에게서 멀어질 거야 희고 외로운 열매를 맺겠지 오래전 함께 스쳐 지나갔던 풀숲에서

나는 거꾸로 자라는 식물, 더러운 물속에 머리를 담그고 낯선 구석이 될 거야 우주의 품에서 조금씩 삭아가는 이 작고 얼룩진 행성처럼

다시 멀어지고 가벼워질 수 있을까 몸을 버리고, 꿈처럼

공중에 매달린다면

새벽과 색깔들의 꿈

숨을 참으면 다른 세계로 갈 수 있나요
화장실 옆 정수기의 고독처럼

종이는 나무가 지르는 차가운 비명이어서
오래 견뎌온 벽지들이 흔쾌히 일어서요

많이 웃는 사람은 조금 우는 사람입니까

내버려둔 손톱이 어스름한 테두리를 가지듯
시집의 페이지들이 갇힌 채 닳아가고

소식이 멀어진 사람은 자작나무의 껍질처럼
조금씩 겉표지를 놓아줍니다

모르는 사람은 왜 무섭고 아름다운지
종이컵처럼 젖어드는 입술은 무엇을 기다리는지

질문을 질문으로 받아들이지 못하던 연인은
아직도 마침표를 사랑하는지

아름다운 꿈을 위해
하루치의 베개를 사용합니다

벽을 두드리면 남아 있던 밤이 뒤척였습니다

짐작할 수 있습니다

배달집 전단지들이 점점 화려해지는 이유를

밤식빵의 저녁

저녁을 입에 물고 웃는다. 껍질을 벗긴 밤은 함부로 달고 분별없이 천박한 맛. 네가 길게 찢어내는 흐린 빛들을 바라보며 천박, 얇고 엷어 속이 비치는 어둠의 맛을 짐작한다. 형식이 좌우하는 내용들처럼.

어긋나는 노래와 부풀어 오르는 말들뿐이구나. 우리는 지금 따듯하게 구워지는 괄호 안일까. 엮이다 무너지는 잠시의 그물 결일까. 그럴 때 시간은 달콤한 매듭들로 이루어진 한 덩어리의 식빵이 되었지. 각주가 더 아름다워 실패한 연구서처럼.

흰빛을 생각하면 목이 메고. 이어지는 어스름 속에서 끈적한 거미줄이 목구멍에 드리우고. 단맛의 내부가 될 때 순간은 줄 끊어진 기타 같고 새벽은 발효가 덜 된 영원 같아. 얇게 찢어지는 밤의 맛. 시간이 새벽 쪽으로 무너지는 맛. 빛으로 고르게 절여진 밤을 물고 세계의 반대편을 향해 누울 때.

빛멍

돌이켜보아도 무례한 빛이었다. 최선을 다해 빛에 얻어맞고 비틀거리며 돌아오는 길이었다. 응고되지 않는 말들, 왜 찬란한 자리마다 구석들이 생겨나는가. 너무 깊은 고백은 테두리가 불안한 웅덩이를 남기고. 넘치는 빛들이 누르고 가는 진한 발자국들을 따라. 황홀하게 굴절하는 눈길의 영토를 따라. 지나치게 아름다운 일들을 공들여 겪으니 홀로 돋은 흑점의 시간이 길구나. 환한 것에도 상처 입는다. 빛날수록 깊숙이 찔릴 수 있다. 작은 반짝임에도 멍들어 무수한 윤곽과 반점을 얻을 때, 무심코 들이닥친 휘황한 자리였다. 눈을 감아도 푸르게 떠오르는 잔영 속이었다.

시간의 세 가지 형태

화살표

밤은 너를 모른다. 그늘진 자리에 들어서면 날 선 검정이 다투어 몸을 관통했고. 스쳐 간 것을 되뇌면 입술은 뜨거운 흙터가 되었다. 떠나간 이름에는 소량의 독성이 있어 부르는 자를 서서히 시들게 하고. 쉽게 물드는 소매를 가져 몸의 방향을 들킬 때, 발자국들은 머뭇거리며 멀어져갔다. 달이 서서히 얼룩지는 절기였다. 목마른 자들이 가리키는 방향 쪽으로 쓰러지는 것만이 이 오래된 이야기의 유일한 규칙이었다.

채찍

마음이 내쳐진 곳마다 날카로운 파편들이 돋아났다. 폭풍 앞에서 병드는 나무와, 상하고 썩는 바람과 사람. 불안의 안쪽으로 파고들수록 더욱 섬세해지는 굴곡들. 통증에도 리듬이 있어. 잎사귀의 무늬로 떠오르던 상처도 있었지. 그러니 사람은 어설픈 타악기. 시간이 연주하다 내버리는 완구. 귀를 기울이면 순간들이 차례로 잘려나가는 소리가 들려.

닻

달은 실패했다. 구해줘. 추락하기 전에. 달은 잠시의 바다로 깊이 잠겨들었다. 끝까지 다 잃어버리고 나서야 익숙한 밤이 찾아온다. 오직 끝없이 가라앉는 너만이 차갑고 텅 빈 이 밤을 알아본다.

웨이터

기다리는 것입니다
왜라는 말끝의 물기를 붙들고
조용히 물러서 있는 것입니다

불 꺼진 상점들이 늘어선 도로에서
앞서간 사람이 문득 보이지 않는다면
뒷모습을 쫓는 대신 그 자리에 멈춰 서
천천히 투명해집니다

온몸에 어둠을 구겨 넣고
오래도록 바라봅니다

다시라는 말의 뒷면을
만약이라는 말의 건너편을

미소를 띄우며 서 있는 것입니다
옛 기약들—
기억에 무늬를 부여하는 표정으로
시간은 사람의 기다림을 연료로 흘러갑니다

조용히 겪어내는 것입니다
기다림이라는 직업을

아마도 가느다란 빛을 껴안고

별이 벽이 되고 긴 꿈이 무너져
발목부터 점차 흐려질 때까지

평화롭게 추락하는 것입니다
얼어버린 바닥이 멈추라고 말할 때까지

물칸

저기압골이 굵어지는 새벽 출항이다. 남해 동부에는 2~3미터의 파고. 풍랑주의보는 이틀 전 물러갔다. 풍향은 서북서. 원줄 3호, 목줄 2호. 수중 찌에 좁쌀봉돌. 1호대 스피닝 릴, 돔바늘 3호. 뜰채까지. 채비는 잘 마쳤다. 만난다면 가질 수밖에. 오랜만의 흘림낚시 독배. 모은 지 얼마 안 된 괜찮은 배다. 바다가 장판이라 밑밥이 반원으로 잘 뻗었다. 조금씩 헐거워지는 낮달처럼 바다 밑으로 퍼져들겠지.

(껴안고 싶어)

(가지고 싶어)

내장에서 요동치는 지느러미들. 선상에 앉아 찌를 맞추면 배고픔의 힘으로 물고기는 떠오르고. 몰황, 되뇌면 갓 드리운 미늘이 한껏 날 선다. 아가미들이 비벼지는 소리. 어서 맛보고 싶다. 만나서 서로 맞잡고 얻어내어 도마 위를 사랑으로 적시고 싶다.

초들물 지나 금세 입질. 정성으로 봉한 편지 봉투를 가르듯 조심스럽다. 찌가 춤추면 세계는 한 뼘 낮아져서 다급히 줄 너머로 기울어간다. 팽팽해진 점과 선으로 바다의 깊이를 건져낼 때, 수면은 활시위처럼 묵직해진다. 스쳐 가는 손맛, 진동하는 몸맛. 눈동자와 비늘을 빼앗아 그 바다를 마실 것이다.

(삼키고 싶어)

(가두고 싶어)

물칸의 덮개를 닫아 소중한 어둠을 보존해야지. 어창에 손을 넣어 돌아갈 수 없는 것들을 만지면 마음이 더럽혀진 은빛들로 가득 찬다. 곧 월출이다. 배가 세계의 입술을 찢으며 철수하고 있다.

자귀나무 그늘에 찔려

몇 개의 빗방울을 손에 쥐고 오늘을 감당하느라 열 손가락이 녹아들던 우기

검은 나무를 전생으로 둔 사람이 빗금을 심어놓고 돌아갔다 괴이한 꽃들이 범람하며 흔들렸다 붉은 천을 이마에 드리우고 가장 수치스러운 온도로 발열할 때, 폭우를 나눠 겪는 슬픔이 목덜미를 적시고

한쪽으로만 무리 지는 나무 곁에서, 다른 살을 향해 숨어들며 너는 괴사하는 과실을 내놓았던가 바늘 자국으로 얼룩진 수십 겹의 옷자락들…… 흉터를 수놓으려 드넓게 걷는 무늬들이 있었다 아름답자며 펼쳤던 날개가 붉게 찔러오는 가시였으니

쓸모없는 불꽃들로 어제를 비추면 들끓는 나무들, 내리치는, 쏟아지며 그늘을 바느질하는, 맑고 잦은 핏빛들, 나무가 엎지르고 간 후생이다

시나몬에 대해서라면

그건 둥글게 흐르고 있었지
단단한 표피를 두르고
우리에게서 멀어질 때

독사들의 골짜기를 지나
나무의 페이지를 찢어 말리면
미지의 향신료가 탄생하고

죽은 나무와 거미줄
얼음과 웅덩이
창백한 뱀으로 변하는 자작나무와
밤마다 새로 짠 수의를 갈아입는 호수처럼

너는 곁에 없는 모든 것

그림자를 잘 개어 놓아두고
먼 길을 떠나는 사람처럼
죽은 몸 그대로 근사한 관이 되려고

단단한 두루마리를 펼쳐
한 방향으로 풀리는 마음을 겪을 때

사라져 더 가까워진 향들이 있었지

시나몬에 대해서라면
그건 은밀해진 나무의 순간이었다고

도형의 중심

불을 켜두고 집을 나선다

들어서면 표정을 감추는
오래된 친구들을 위해

어제는 옛날에 대해 이야기했어
우유 투입구로 불쑥 들어오던 손
싸구려 장난감이 든 캡슐
손끝을 떠나지 않던 새
두꺼운 만화 잡지와
알코올램프, 비커, 샬레
과학실의 아름다운 이름들

꺼지지 않는 벽난로와 단단한 비눗방울
불붙은 들판과 끝없이 이어지는 날개를

가졌으나 잃어버린 것
잊었으나 사라지지 않은 것
슬픔의 다른 이름들에 대해

집이 조용히 불타고 있다

고마워요 이 방에서
너무 오래 어두웠거든요

방문을 연 채 잠이 들었다
꿈속까지 부드러운 재들이 밀려들어왔다

사라진 입술과 두 개의 이야기
—진주에게

근심 어린 이름을 물고 조개는 바다를 건너간다

조개는 사실 바다의 새였지
하나라 여겼던 날개가 둘로 나뉘면
보석인 줄도 몰랐던 비참이 눈을 뜬다

두려운 날개를 무겁게 접고
상처받을 준비가 된 몸으로
깃털 사이 숨겨두었던 날카로움으로

조금씩 숨을 얻어가는
풍등처럼

맺힌 잠시의 연결됨을 매혹이라 부른다지만
더 큰 영롱과 황홀이
헤어진 몸의 안쪽에 고루 발렸다

풍등이 소원의 힘으로 인간의 별이 되듯이
너에게도 타오르는 슬픔의 검불이 있어서

비참을 껴안으며 조개는 날아오르고
단단한 마음을 심어두려
한쪽 날개를 버려가며
수면을 향해 몸을 열었다

날개를 두고 왔다 해서 하늘을 버린 건 아니지

흉 진 자리에 은근한 파문이 고여들듯
하나의 품을 떠나보낸 조개가
빛나는 그릇이 되어 바다를 안듯이

귀한 구슬이 입으로 잠겨드니

한껏 가벼워지겠지
하나이자 둘인 몸으로 나아가겠지

포옹의 넓이가 조금씩 부풀어갈 때
뜨겁고 환한 바다의 입술이 되어

멀어짐으로써 완성되는
빛의 자리로

1

삭흔

가장 아름다울 때 가장 슬픈 일이 생길 수도 있다. 오늘은 달무리를 떠나왔고 아침에 못다 쓴 눈보라에 집중했다. 교차하던 밤과 낮. 기만과 거짓. 목을 다정하게 조여오던 손에게 더없이 친절해지던. 밤의 가장자리로 엎드리며 나는 순한 목소리가 되고 싶었다. 무해한 찰나의 지저귐으로 기울어가고 싶었다. 돌아서서 걷던 뒷모습으로. 단정한 등의 단면으로. 그러나 지금은 어지러운 거짓의 무늬를 더듬으며 분명해지는 시간. 어제의 뜨거웠던 손이 폭설을 모아 올 수도 있다. 서로의 급소를 짓누르며 무한을 말하였고 그건 순환하는 비명들 같았지. 계속해서 가까워지다 영영 멀어지는 수평선처럼. 빛나는 꿈을 목에 두르고 밤하늘로 쏟아질 수도 있다. 그리하여 말아두었던 겨울이 매달린 이의 더러움을 환하게 비출 수도 있다.

슈가 포인트

여보, 눈동자가 얼 것 같아.

최선을 다해 달콤해지려 했는데
달아질수록 더러워지고
시끄럽게 시무룩해져.

칼로 이루어진
꽃다발을 선물 받은 것 같아.

얼룩을 지어 얻은 얼굴로
입을 벌리고
부엌을 온통 끈적한 액체로 더럽히고

점점 더 눈빛을 모르게 돼.

두 발이 타오르는 것 같아, 여보.

느리게 검게 검고 느리게
점점 더 나를 버리게 돼.

다른 이의 생각들을 받아 마셔야 할 것 같아.
금이 간 그림자를 안고 잠들어야 할 것 같아.

저녁이 오면
나는 봐.

앙금과 검불과 연기 들이
길게
아주 달게
서서히 몸에서 솟아오르는 것을.

홀로그래피

겨울이 복용한 가루약이 서서히 헐거워지는 새벽입니다. 크게 앓고 일어나 몸의 뒷면을 바라보면 빛으로 다 스며들지 못했던 무늬들이 떠오르는군요. 실수로 삼켜버렸던 눈보라를 생각합니다. 스스로 가지를 꺾는 번개들. 자신 안의 망령을 찾아 떠나는 여행 속의 여행. 흐르는 것이 흐르는 것을 더럽힐 수 있을까요. 우리는 금 간 접시 위로 돋아나던 작은 손가락들을 보았지요. 구름 위를 유영하던 흰 돌고래, 뒤늦은 감정처럼 흘러내리던 물방울과, 비둘기 날개의 다채로움도요. 하늘을 휘저었던 폭풍의 무늬가 살 아래로 드리우면, 오래 버려둔 어깨 위에 차가운 광선들이 쏟아집니다. 가루약이 빠르게 펼쳐지며 무수해지듯 우리는 깨져버린 것들이 더 영롱하다는 것을 알지요. 창문에 적어두었던 소식들이 서서히 휘발하고 세계의 한 귀퉁이가 접혀듭니다. 사랑하는 헛것들. 빛의 자격을 얻어 잠시의 굴절을 겪을 때, 반짝인다는 말은 그저 각도와 연관된 믿음에 불과해집니다. 우리는 같은 비밀을 향해 취한 눈을 부비며 나아갈 수 있을 테지요. 두 눈이 마주치면 생겨나는 무한의 통로 속으로. 이미 깊숙해져 있는 생각의 소용돌이를 찾아. 떠올린다는 말에 들어 있는 일렁임을 다해서.

숲의 검은 뼈

먼 곳을 오래 바라본 사람은 뼛속이 검다. 깊이 자다 깨어나 바라본 저녁 하늘처럼, 어둡고 두려운 목덜미를 가지게 된다.

날카로운 뿔을 숨기고 걷는다. 물고기처럼. 가시가 많은 나무들에게 여기저기를 긁히며. 조용히 뻗어나가는 가지들.

자신의 뼈를 본 사람은 길게 앓다가 죽게 된다. 흘러나온 뿔을 일으켜 사방으로 겨누는 나무들. 뿔이 겉으로 드러난 뼈라면 물고기들은 자신의 무성해진 뿔을 살 속에 묻어두겠지.

곁에 드리워진 손을 거머쥔다. 오래 숨겨두었던 뿌리를 내어주듯이. 뼈는 몸으로 흘러든 뿔이 되고, 날 선 생각들은 가지가 되어 위태로운 숲을 이루는데

마주 잡은 손 사이로 부딪히는 뿔들의 소리.
손톱이 검게 물들어갔다. 숲의 일이 시작되고 있었다.

롬곡

우주비행사는 우주에서 눈물을 흘릴 수 없다
그는 눈가에 무거운 물주머니를 매달게 된다

어제는 어항에서 잠들었어. 한쪽 눈을 뜨고 다른 쪽 귀는 흉몽에게 내어준 채. 꿈의 중력을 뒤집으면 대기의 안쪽이 불안한 물질들로 가득 차올랐어.

물음이 많아지는 것은 울음의 확률을 높이는 일이었고, 거꾸로 매달린 잠 속에서 감정의 방향이 점차 가파르게 기울어갔지.

심장을 보려 눈을 감았어. 부레의 안쪽이 피투성이 시선들로 차오를 때까지. 어항을 쓰고 눈물을 흘리면 롬곡, 뒤집힌 우주가 안으로 쏟아져 내렸어.

행성의 눈시울 아래로 투명하게 부푸는 물방울처럼, 빛을 질식하게 만드는 마음의 물주머니처럼. 흐르는 것이 흘리는 자를 헤매게 한다면 어떤 액체들은 숨은 길이 되어 낯선 지도를 그리겠지.

사랑하는 자는 흐르는 샘처럼 고귀하나 사랑받는 자는 고인 진창을 겪으니. 진공을 견디는 발목, 어둠 속을 서성이는 걸음들.

우주를 딛고 일어서는 힘으로
발끝이 둥, 떠올랐어.

멀어지는 포도

리코더를 불 때 왜 눈을 감을까

눈도 *구멍이니까*

우리는 어쩐지 기다리거나 사라지고 싶어서
수없이 많은 손가락을 꺼내놓는다

서로의 구멍을 틀어막으며
한 뼘 더 다정해지고 싶어서

모인 눈으로
오므린 입술로

왜 키스할 때 눈을 감을까
연주되는 중이니까

깊숙이 숨을 초대하여
새어 나가는 음악이 되어주려고

가지마다 매달리는
물방울들, 흐린 기포들

어둠과 빛 사이
눈을 감으면 시들어 떨어지는
숨방울

멀어지는 중이니까
넝쿨을 뻗는 음표들로부터
펼쳐지는 혀들로부터

부풀어 오르다 완성되는
어두운 열매들

붉은 그네

무릎이 저녁의 끝까지 당겨질 때
혼자의 형식이 완성된다

깊이는 자주 무너졌지
아름다운 것 앞에서
징그러운 것 속에서

숨은 얼마나 먼 거리를 불러올 수 있을까

치솟을수록 더 멀리 뒤처질 것을 몰라서
사소해진 위치만큼 입꼬리를 올리고
어떻게든 되돌아오는 처음에 대해 생각했지

그네를 밀어주던 사람이
새로운 뒷모습을 얻는 시간에 대해

흐린 곡선 위에 앉아 조금씩 흔들렸지만
문득 돌아보면
높이가 각도로 바뀌는 세계

썰물처럼 마음이 빠져나간 곳에
깨진 유리들이 반짝이며 수북해질 때

떠올리고
떠올랐지

입술의 반경을 미리 겪는 줄도 모르고
움켜쥔 그넷줄이 핏빛으로 번져가는 것도 모르고

여행하는 열매

과일도 어지럼을 탄다면 소문의 첫 근거는 모과였을 거야. 단단히 뭉친 실타래를 주저하며 풀어내는. 뒷자리에 누워 멀미잠에 들던 어린 눈썹까지 몰려와 고여드는 노랑. 모과의 꽃말은 멀미라는 농담을 던지며 캐리어를 트렁크에 싣고 달렸지.

불투명한 스노우볼처럼 머릿속 아지랑이가 어수선히 출렁인다. 몸이 혼곤함에 맞서는 용기를 멀미라고 해두어도 좋겠어. 가보지 않아도 좋았을 가지들에 오래 머물렀고, 버려지기에 적절한 기후를 무수히 만들어냈다고. 방황하던 씨앗의 여독이 조수석을 맴돌면

가지를 떠나는 열매의 꿈은 무엇일까. 어미의 높이를 털어내고 날아오르는 어린 새의 울렁임은.

노랑을 놓친 귓바퀴 사이로 향에 젖은 안개들이 흘러나왔어. 괜찮아. 어지럽고 슬픈 빛의 유희를 함께 겪더라도. 여행하는 우리에게 아직 다 풀어보지 못한 진동들이 남았으니. 어디로든 따라가자. 상처로 더럽혀진 보름달

이 몸에 내려앉아도. 향기가 색에 빚지는 순간을 밀물이라 부르며. 먼 마을로, 모래사장으로, 새들이 고여드는 절벽 밑으로.

매직아이

종이에 계단을 숨겨놓으면
점점 깊숙해지는 걸음으로
내려가는
사람이
비쳐 보이고

동굴 속으로 낯선 강이 흘러
우리는 먼 눈을 가지기로 했다

동공은
우리가 가장 깊숙이 들어가본 동굴
투명한 종유석과 석주 들로 뒤얽혀 있었지

굴절된 수면에 떠오르는
돌의 오랜 파문처럼

실패한 그림들을 펼쳐 보이며
색색의 비문으로 흩어지는 순간

깊숙이 흐려져본 사람만이
아름다운 입체를 가질 수 있다고

잠겨드는 페이지를 걸으며
처음 보는 무늬를 짐작하는

서로의 눈 속을 걷던 시간이었다

사라지는 동화

넌 눈송이를 걸치고 있구나.

난 무거운 자루를 들고 왔어.
돌과 빵으로 가득 찬.

그땐 미처 몰랐지.
엘블베리 덤불 꽃의 맛,
계피와 사과즙이 뒤섞인 나무통,
적당히 굳은 크림을 거두어
으깬 나무딸기 위에 얹는 슬픔을.
조금씩 메말라가는 손목의 기척을.

우리는 걷고 있어.
점차 희미해지는 숲길을 따라.
서로를 잃어버리기 위해.

빵 조각 하나
돌멩이 하나
빵 조각 하나

돌멩이 하나……

발자국마다 빵과 돌을 번갈아 놓아두며
주머니가 가벼워질수록
손끝이 달콤해지고
너를 버리는 기쁨에 몸이 떨렸지.

나는 이제 알았어.
돌의 맛과 빵의 무거움.
무서움.
부스러기들이 그려내는
희박한 별자리를.

서로에게서 멀리도 걸어 나온 것 같았는데
주머니에 아직도 남아 있는

눈송이 하나
눈동자 하나.

드림캐처

엮인 꿈들의 정원

팔월,이라 말하고 이를 닦았다. 더러운 이름들을 입에 물고 지나는 계절이었다. 여러 번 헹궈 말린 꿈속에서도 곰팡이 낀 커튼이 만져졌다. 놓쳐버린 비밀들이 모여 처음 보는 식물로 넝쿨질 때, 불길한 모양의 수를 놓은 이불을 덮고 눈을 감았다. 모를수록 아름다워지는 일들의 목록을 베개 밑에 괴어두고서.

안팎

방이 차곡차곡 접혀 빛의 서랍장으로 들어가면 가느다란 틈 사이에서 커다란 눈이 잠든 나를 지켜보았다. 흰 눈동자에 검은자위를 가진 기이한 눈이었다.

금기들

커피를 마실 때 불운에 대해 생각하지 않는다
검은 것을 만지며 먼 곳을 생각하지 않는다
차가운 물을 마실 때는 식물 아닌 것을 떠올린다
무늬가 화려한 옷을 입고 잠들지 않는다
꿈에 화살을 맞으면 아침에 머리를 묶지 않는다

흰 뱀

입가가 잿빛으로 물드는 저녁이면 눈꺼풀은 닳고 해진 주머니처럼 바닥을 잃어버리게 했다. 입에 올린다는 말은 입술을 베인다는 말이었고, 꿈은 나뉘어진 혀처럼 다른 곳을 향했다. 잠든 입술에 도사린 단어들이 허물을 벗으며 서서히 죽어갔다.

검은 깃털

잠에서 깨면 눈을 씻었다
얼굴을 닦은 수건 위로 속눈썹이 덤불처럼 뒤엉켰다
악몽과 쓸모 사이를 누비던 날개였다

살구

기다렸어
울창해지는 표정을
매달려 조금씩 물러지는
살의 색들을

우글거리는 비명들을 안쪽에 감추고
손가락마다 조등을 매달아
검은 씨앗을 키우는 나무가 되어

오래 품은 살殺은 지극히 향기로워진다

뭉개질수록 선명히 솟아나는 참담이 있어
마음은 죽어서도 끝나지 않는다

그래서 어떤 나무는 침대가 되고
어떤 나무는
교수대가 된다

열매들이 다투어 목맨 자리마다

낮은 신음 소리가 흘러나왔다

매일 밤 들려와
나무들이 개처럼 죽은 개처럼
허공을 향해 짖어대는 소리가

구겨진 씨앗을 입에 물고 웃는다

과육은 핑계였지
깨어져야만 선명해지는 눈동자들이 있었으니까

머무는 물과 나무의 겨울

아무리 채근해도 자라지 않는 나무가 있다기에 저녁을 기다려 숲을 걸었습니다. 하늘이 가지들로 균열 지면 나이테의 간격으로 번져가는 근심들. 시간이 사람을 모르듯 나무는 숲에 서툴러 허황한 꿈을 헤맵니다. 겨울을 오려내어 펼쳐놓으면 나목들의 테두리가 외로움으로 명징해집니다. 한 그루가 모자라 실패한 산책처럼 예감은 먼 데서 온 윙크였고, 사람의 페이지는 잠들기 전 감은 눈 안에 얼룩질 뿐입니다.

몸
영혼의 우주복.

몸
물구나무를 심은 숲.

뒤집어보면 정수리부터 흘러나오는 뿌리의 두려움, 일부러 물을 구하는 나무는 없지만 꿈을 지어 가지려는 헛된 시도로 우리는 끝내 이 숲을 낭비하는군요. 무엇도 흐르지 않는다는 귓속말을 기억합니다. 나무는 지금 자신에게로 깊어지는 중, 육체는 잠시 맺혀 있는 물의 시간인 것을요. 무모한 외투를 걸치고 거꾸로 서 있는 나무들에게 곁을 내어준다면, 이 숲길의 끝에서 나무들의 가신家臣, 떠돌이 사내*를 맞이할 수도 있겠습니다.

* 기형도, 「집시의 시집」, 『입 속의 검은 잎』, 문학과지성사, 1989.

회전 숲

흰공작을 만난 숲이었습니다

어지럽게 나무들 흔들리는
숲의 한복판

무언가를 기다리는 듯
드문 빛이었습니다

무거운 후광을 짊어진 채
절룩거리며 날개를 펼치고
오직 자기 자신을 모른 척하기 위해

희고 외롭고 화려하군요
여전히

마주쳐 껴안으며 다시 소용돌이칠 수 있을까
오랜만의 휘황으로
무수히 돋아난 눈동자로

슬픔의 왕관을 쓰고
무모했던 여름을 더듬는 동안
숲이 회전하며 더욱 어지러워집니다

고백을 빼앗기고 지낸 오랜 날들처럼
회문으로 적어둔 일기처럼

미안과 불안 사이를 오가던 깃털의 계절

흰공작을
흰 공작인 채로 놓아두고

숲을 빠져나왔습니다

백지에 함부로 심어둔 약속들을
기다리기로 합니다

00

종이를 만지는 사람

당신은 지나치게 조심히 걷는군요.
나무를 꿈꾸게 하려고.

오늘 쓴 편지들이 숲의 어깨에 엉켜 있네요. 이면지 위를 걷다가 보았습니다. 폭설에 물든 흑목련 나무가 바닥에 새까만 꽃잎들을 엎질러둔 것을. 그건 문장에 망설임을 담는 방식입니다.

차이와
간격에 대한.

나무는 눈멀어 자신에게로 잠겨들지만, 그는 잎사귀의 눈꺼풀과 내뻗은 가지로 세계를 다시 얻지요. 눈송이들이 손끝에서 태어나듯이.

저녁을 천천히 더듬으면 낯익은 별들이 떠오르고…… …… 한 번의 스침으로도 생겨나는 마음의 요철들. 그 짤막한 배열의 모스부호들을 건져내려 눈을 감습니다. 나무의 속내까지 몰려드는 새로움을 흰 점자들로 이루어진 백지라고 불러도 좋겠습니다.

흑목련의 기억을 일깨우는 지금, 당신은 종이를 만지는 사람입니다. 종이에게 경험을 주려 오래도록 걷는 사람입니다. 소용돌이치던 나무의 기별들이 갈피마다 쏟아지네요.

정든 파본처럼.

당분간 달콤

거짓을 말하는 입안에서 색색의 동그라미가 굴러 나왔지. 혀끝의 평행우주. 헤어짐을 휘감는 중력들. 다정 속에 묻어둔 난간처럼 조금만 스쳐도 혀가 베이는 달콤.

늑골 사이마다 물방울이 매달린 날에는 보름의 문을 열고 들어가 차오르는 수심을 바라봤지. 오래 머금은 고백들 볼 안에 주름질 때, 혀 밑으로 감겨드는 푸른 거품들. 달고 짠 바람이 분다고 너는 두 볼을 부풀리며 웃었다.

방금 도착한 행성을 조금씩 핥아 먹으며, 얼마간 최소한의 깊이로만 스며들기로 했지. 상처 난 뿔을 감춘 채 무리로 숨어드는 어린 사슴처럼.

더 이상 무지개의 양 끝이나 물의 뿌리 같은 것들은 생각하지 않기로 했지. 낯설어진 이름을 가볍게 더듬으며 이대로 잠시만 머무르기로. 서투른 허밍으로 풍선을 불며 호흡을 나누었지. 우리의 가장 사소했던 극단을 불러내기 위해.

물에 비친 나무는 깨지기 쉽습니다

당신은 숲으로 돌아간다고 말했습니다

숲으로……

찢어진 나무들로 눈앞이 자욱해지고
상처에서 옛날이 흘러나옵니다

사람 아닌 것만을 믿으며
걸음을 잘게 나눠 디디며

……숲으로

겨울을 돌아 나온 빛의 부스러기처럼
오래도록 되풀이될 여행일 것을 알아서
영혼은 낡고 더러운 몸을 끝내 벗지 못합니다

비밀을 기록하는 뿌리의 집요함으로
실패한 속삭임이 드넓게 자라납니다

표정을 빌려줄게요
수치를 모르는 늦여름 호수처럼

어긋났던 전생을 되새길 때
자주 들여다본 거울은 조금씩 멀어집니다

숲에는 오래된 열쇠들이 꽂혀 있습니다
땅의 문을 열기 위하여

인그로운

고백하자면 머리 없는 아침이 필요한 것

이를테면 이런 위로
"본인이 아니어도 괜찮습니다"

우유 속의 칼, 잠옷 속의
바늘처럼
적절한 보상에 대해 고민하고

아물어가는 구석에 대해 골몰할 것

이 점에 대해서는 무엇보다도
겨울 구근들의 의견을 참조할 것

굴다리와 버려진 인형에 관한 기록을 살펴볼 것

"겨우 이런 사람이라 미안해"
그런 말은 복수의 무늬라 여기며

가능한 차분하게 공복의 상태를 유지할 것

뾰족한 것을 만지기를 삼가되
불안과의 저녁 약속에 늦지 않도록 신경 쓸 것

목련 그믐

받아 드는 순간 깨지는 것은
눈의 배후입니다.

잠궈두었던 병이 흘러넘치면
간이침대는 창백하게 젖어듭니다.
희박한 형상입니다.

목련이 견디고 있는 쇠락한 정원입니다.

달을 가두는 일을 직업으로 삼아
추락을 믿어보기로 할 때

병원복의 명랑한 무늬가
돌연 앙상해집니다.

아직 나무에 매달린 꽃들은
죽은 자들에게 내주어야 합니다.

곧 사라질 것들만 마음껏 사랑할 수 있으니까요.

그래서일까요 냉장고의 무른 잎사귀들
더 죽어라
죽이 되어라
기도하게 되는 것은.

눈빛이 머무르던 자리를 그믐이라 불러보는
참으로 오랜만의 다정입니다.

왜 그랬을까.
왜.

달이 잠깐 누웠다 떠난 자리에
나무의 그늘이 깊어집니다.

하이람

너는 깊은 곳에서 헤엄쳐 올라와
투명을 건넸다

눈설, 섶, 숲, 수풀
멀리서 모국어를 데려와 선물하던 밤

태풍에 뿌리를 드러낸 나무들을 보며
우리는 이야기했지
욕심과 밤들
어두운 뿌리 사이로 기어들어가는
더러운 물의 세계에 대해

너는 겨울을 모르고
발음할수록 흐려지는 지명들,
스웨터에 돋아난 보풀 같은
눈 내린 어깨들을 모르고

우리가 해변에 몰래 새겨둔
푸르고 무른 지문들을 기억해

기어이 어기고야 만 약속처럼
만질수록 불결해지는 열대 과일들

작은 덧창을 열고
드물게 맑은 피를 흘리며
묻어두었던 이름을 꺼내면

별 모양의 모래들이
이마 위로 흘러들었다

하이람, 네가 모르는 계절들을 얻으려
행성이 한 겹 더 무거워지는 오늘

검은 사과

몸속에서 조금씩 녹아드는
수용성 과일인 줄도 모르고

검은 나무에 더럽게 꽃 피어
울컥울컥 과실들이 흐를 때

어디에서 떨이 사과들을 잔뜩 얻어 와
허벅지에 팔에 이마에
차곡차곡
쌓아주던 사람

무릎과 이마를 바닥에 대고 웅크리면
사과를 보관하기 좋은 창고가 되고

심장은 파과를 닮아가지
깨어지며 여무는

어디서 이렇게 예쁜 빛깔들이 스며 나올까

못다 저지른 허물이
흥건해진 잎사귀를 펼치며

새로 얻은 수모들이
몸 밖으로 달게 열리라고

나의 파수꾼,
검은 사과를 내내 지키느라
우리에겐 밤이 없었지

약속을 내일로 미루어도 되겠습니까

밤의 귀에 대고 미안하지만 자리를 좀 비켜줄래, 정중하게 부탁한다면 무사히 이 방을 지킬 수 있었을 거야. 우리에게는 더 많은 색깔이 필요했으니까.

한 번도 그러지 않았네. *잠들었어? 아직.* 신호들만 겨우 나누었지. 불안하고 안온한 방식으로. 언제든 일어나 밤의 스위치를 눌렀더라면, 서로의 손톱 밑 분홍이 어떤 채도를 가졌는지 함께 바라볼 수 있었을 텐데.

겨울 유리창에게 한 번쯤 전화를 걸어보았다면. 그는 선선히 겉옷을 벗고 시계를 풀어버렸을 거야. 꽁지깃이 작은 새들과 함께 자작나무의 괴상한 습벽에 대해 웃으며 이야기할 수 있었겠지.

그러지 못했어. 밤마다 두 눈을 어제에 담가두고 귀마개를 꼈지. 머리맡에 너무 많은 변명을 괴어두고.

달의 위성에게 긴 편지를 적고, 개기월식에 대한 서적들과 잠수경을 담은 선물 상자를 보내주었다면, 그는 달의 바다로 깊어질 수 있었겠지. 그러면 매번 지구를 향해 윙크하던 그 외로운 눈꺼풀에 키스할 수도 있었을 텐데.

지금이라도 컵을 들어야겠다. 오래 목말랐던 고무나무에게 작은 부탁을 해야지. *잠깐 이야기 좀 괜찮아?*

순간의 모서리

입안에서 별들이 돋아나던 저녁에는
자주 피를 흘렸다

찔린 자리마다 고여드는
낮은 언덕들

흘린다는 말은 다정했기에

사람의 귀퉁이는 조금씩 슬픈 기척을 가졌지
팔꿈치를 부딪치면 차가운 빛으로 가득해지던 손바닥
감싸 쥔 자리가 얼룩으로 깜빡이면
불가능에 대해 생각해
모름의 온도와
진눈깨비의 각도에 대해

내리던 비가 얼어
몸을 걸어 잠글 때
창문은 무슨 꿈을 꾸나

흐르던 피가 멈칫 굳어갈 때
몸은

달아나는 방향들이 있어
겨울의 창틀은 더욱 분명해지고
버려진 경계들이 무성해졌다

눈사람처럼 팔다리 버려가며
잠기고 싶었지
드물다는 말은 점차 희미해져서

깨어진 잔에 입술을 대고
겨울이 오기만을 기다렸어

디자이너

우리가 빛을 옮겨 올 수 있을까

눈밭이 얼룩을 겪으면 유백색의 소리들이 커튼처럼 드리웠다 정교한 그늘을 가지면 눈의 결정들을 새겨 넣을 수 있을까 기다리는 시선을, 멀리 걷다 문득 뒤돌아보는

사람을

데려올 수 있을까 갸웃하는 고갯짓과 물음표들이 이루어내는 조심스러운 곡선을

물방울을 얻어 무늬를 짜고 표정을 다발로 엮으면 미래라는 말을 얻은 듯했다 그림자를 칼처럼 쥐고 눈길을 오려낼 때 모서리가 닳은 옷자락들이 태어나고

몸속에 새로운 구조를 설계하는
결정들

곧 사라지려는 무릎을 이끌며

검은 벽을 향해 걷는다
바닥에 닿기 전 잠시 떠오르는 눈송이들처럼

로아

기도하려 맞잡은 두 손은
두려운 나의 쌍둥이 로아

제단을 마련하고 아름다운 것들을 준비할게

작고 바삭한 쿠키
포장이 영롱한 알사탕들
달게 끓인 죽
정교한 유리 장식들
원하는 모든 것을 올려둘게

로아, 잔인한 쌍둥이들아
양 무릎을 껴안고 놓아주지 않는
삿된 기도들아

내 몫의 꽃들을 모두 태워 바치고
제단 위에 몸을 눕힐게

로아, 손을 모으면

자꾸만 몸 안에서 울려오는
다급한 노크 소리

겨울의 목차

어제의 빗줄기를 풀어 스웨터를 짠다

습한 공기의 타래를 풀어 헤치면
간신히 꿈에 가까워지는 온도들
눈송이들, 새가 되려는

눈송이는 겨울의 파본
일렁이며 찢기다 금세 낱장이 무르는

엮인 공기들

비밀을 누설하는 목소리로
희게 엮인 그물을 빠져나오면
날숨으로 짜인 눈송이들이
공중에서 솟구치다 곧 흐려졌다

실타래가 풀려
새로운 면과 색을 얻듯

우리는 곁에 없을 때 사랑한다

얼음을 거느리고 순간을 말할 때
휘날리다 바래가는 색들의 목록
낱장으로 쌓이는 폭설의 밤들

깊어지는 문

이렇게 얇고 가벼운 종이컵 하나에도 제 나름의 최대 수심이 있어요. 후, 불면 활짝 몸을 여는 입김의 미단이가. 그때의 아름답고 경솔했던 편지들, 옷깃에 묻혀두고 온 속눈썹의 무게만큼요.

시계를 놓고 갔네요. 멀게 다가오는 궤도에 대해 골몰하느라 달은 매일 조금씩 다른 자세를 연습하는군요. 남겨두고 온 것들은 모두 문이 되었습니다.

오늘은 이 방이 온전히 홀로일 수 있도록 정중히 문고리를 잡고 악수합니다. 스쳐 지나는 일로 우리는 그 여닫힘의 비밀을 발견하려 하지만, 문은 닫히는 순간 자신을 향해 깊어지기 시작합니다.

남겨진 질문들을 모아 부름의 형식을 갖춘다면 순간은 드넓어질 것입니다. 그 빈 어깨 위에, 조심히 눌러보았던 혈자리 사이에서 가능성의 매듭이 엮이는군요.

시침에게로 다가서는 분침처럼 가깝게 멀어지기 위해

생각은 다양한 각도를 시험합니다. 철 지난 미신을 나눠 갖고 문을 향해 스미는 일로 공간의 안팎을 완성하려 합니다. 손우물에도 순간의 중심이 생겨나듯이, 언제나 최선을 다하는 물의 자세처럼.

열림이 맺힘으로 고여드는 이 세계에서, 우리는 문의 속내를 끝내 알 수 없습니다. 잠시의 마주침만으로 최대한의 밀도를 짐작해볼 뿐.

눈빛이 액체라면

그 얼굴에 장마 지겠지. 목을 따라 흘러 무릎을 적시며, 마르지도 못하는 마음들. 섞이기에 두려운 순간들. 경계마다 고여드는 숨방울. 눈을 타고 흘러온 빛에 발끝까지 온통 젖겠지.

시선이 행성이라면 중력을 잃은 별, 서로를 향해 출발하는 빛이겠지. 한번 출발한 눈길은 돌아오지 못하고 다른 이의 외계를 떠도니. 눈꺼풀 안쪽에 달라붙은 암흑을 봐. 조금씩 나누어 마셔야 하는 파문도 있고 다시 되감을 수 없는 눈썹도 있지.

찢어진 깃발들, 하얗게 식어가는 눈짓들. 어긋난 약속을 교환하던 밤은 호흡을 더욱 작은 조각들로 흩어놓았고. 기다리는 것은 멀리의 걸음들을 애써 미리 겪어보는 일이었는데. 마음이 기체라면 그 발길마다 내내 폭풍우 들겠지. 젖어드는 눈시울의 물기를 엮어 투명한 직물을 잣는다면, 그 천을 걸치고 사람의 온도에 눈 머는 이도 있으리.

01

귀가 열리는 나무

눈을 뜨자 귓속으로 나무가 쏟아졌다.

풀어진 나뭇잎들 바닥에 흥건해지고. 들여다볼수록 기이해지는 귀, 기울어지는 나뭇가지들처럼 뿌리를 허공에 내리고 간격을 만드는.

사실 세계에는 소리가 없어. 겹겹의 잎사귀를 부비며 소리를 만들면 흘러가는 씨앗들. 그래서 귀는 유일한 악기. 텅 빈 악기. 현 없이 연주되는 나무.

음악은 나무가 버린 내일이고
우리에게는 노래가 부족해서
귀는 기어이 먼 나라의 공기들을 데려오고.

다가오는 회오리에 나무들이 진동한다. 소리의 잎을 모두 떼어내자 새로 생겨난 수렁이 그믐을 향해 깊숙해졌다.

리플레이

비디오 플레이어에 식빵을 넣고
식물의 일대기를 기다렸습니다

조용히 형태를 갖춰가며
냄새들이 드리우고

연약한 것들의 목록이 상연되었습니다

웨하스
비눗방울
모빌
종이비행기
선인장
리넨
드라이플라워
머리카락
비밀번호
가루약

씨앗이 가루가 되고 어제의 반죽이
사람이 되기까지

몽롱하게 부풀어 오르는
지붕들의 최선입니다

식빵의 테두리를 버리며
외로움이 몸을 얻을 때

홀로의 자격을 가지려
귀퉁이를 만드는 마음으로

오래전의 씨앗들을 물고 아침을 되돌리면
말랑한 세계에 대한 믿음이 생겨납니다

그럴 때 눈의 깊숙한 뒤편은
젖은 밀 짚단을 뉘어놓기 좋은 들판이 되었습니다

우리는 아마도 이런 산책을

개를 돌려보내고 해변을 걸었다
발자국은 수없이 자신을 벗어나고

등대까지만 가볼까

말을 지으려면 혀 밑의 안개부터 거두어야죠
가볍게 웃기만 해도
해안선이 흐린 것들로 뒤덮였다

발목이 흠뻑 젖은 외눈의 거인
등대에게 사람의 이름을 붙여준다면
여러 밤을 애써 켜들겠지
깜빡이며 흔들리며 피어오르며

파도가 높으니 조심해

몇 번을 다시 태어나고서야
완성되는 장면들이 있어서
비밀은 빛 없이도 가장 환하고

등대에서 개로 해변에서 인간으로
인간의 산책길을 수놓는 물방울들
멀리서
흰 개가 돌아온다

왜 더 미리 눈치채지 못했나
저 개는 우리의 배후를 알아서
신이 목소리를 묶어둔 것을

여기부턴 더 이상 길이 없네요

이야기하자 눈앞이 흐려졌다
오래된 기억들이 치솟아 올랐다

물의 비밀들

눈동자를 손에 쥐고 눈송이를 불렀다.
빛을 이해하기 위하여.

하나의 눈금이 생겨날 때마다 발치에 작은 벼랑을 만들며. 두서없이 속삭이다가 돌연 몸을 뒤트는 눈보라, 빛이 서린 물의 페이지들.

밀봉된 편지를 찢을 때마다 반쯤 더럽혀진 눈송이들이 흘러나왔지. 그건 마음의 형태 같았고, 아직은 낯선 세계의 문법 같았어.

한 점의 눈송이를 이해하는 일이 한 사람의 내부를 짐작하는 것이라면. 요동치는 물방울이 너에게 닿을 때, 그건 얼어가는 꽃다발. 귀 기울여도 반쯤은 놓치고 지나가는 슬픈 이야기들 같아. 결말이 잘 기억나지 않는 옛 동화들처럼.

두 눈을 버려가며 너에게 도착했다. 너에게서 도망치려고. 곁에서 가장 가까운 곳으로 숨어들며, 부를 때마다 너의 이름이 지워지기를. 부딪히다 조금씩 무뎌지기를 바라며.

기다렸지. 내리던 눈동자들이 흰빛으로 바뀌는 계절을.

생몰

　오
로 라

발음하는 입술의 모양으로

투명한 유리잔 부딪히는 얼음 조각
모서리를 털어내고

닮아간다

차가운 땀을 흘리고
앉은 자리에서 미끄러지며

몸을 겹치면 마주 보지 못해서 좋아
자오선처럼, 태풍처럼, 영혼의 악력처럼

그린란드 베링 보퍼트
래브라도
오래전 지나친 섬들을 입에 넣어
부드럽게 굴리면서

오 라
  로

백야의 무늬들에서
잠은 너무 자주 발각되었고

처음과 가까워지는 기척들이 있었어
아니라는 말을 잊고 밖으로 들어서면
문득 번져가는 수목의 명멸

얼음을 녹여 먹는 거인의 입속에서
무너지는 물과 빛을 바라본다
마주 본 얼굴이 거대한 구멍으로

라 로
  오

검은 소용돌이로 바뀌어가는 것을

닫힌 문 너머에서

곁을 비우며
멀어지는 손끝처럼

하나의 문장을 완성하고 그 문을 떠날 때

우글거리겠지, 썩고 마르고 흐르고 무뎌지겠지, 사그라들다 환해지겠지, 먼지를 품겠지

새로 지은 어둠을 선물하면
오래 닫아둔 문 뒤는 흑백이 우거지는 입체가 된다

약속이 저마다의 문이라면 모두가 열쇠를 내버리고 함몰하는 방들

겹겹의 미로 속에서
오랜 다짐이 무너진 뒤에야 짐작하지
닫힌 눈꺼풀이 몸의 가장 어두운 뒷면이었음을

난파선 위를 걷는

.

*

기억해.
눈동자가 얼굴보다 커지던 세계를.

갑판이 깨진 배 위에 서 있었지.
숨을 쉬면 빛이 뿜어져 나오던 밤.
기우는 바닥과 물줄기들.

휘어지는 구름과
여름.

눈의 혈관마다 안개를 엮어 먼 표정을 얻고
빛의 다발을 휘날리며 손의 뒷면을 탐했어.
시선을 아무 곳에나 꽂아대며 밤을 패배로 이끌었지.

바다는 차곡차곡 접히고 있어.
두렵고 더럽고 다행인 촉감으로.
눈을 감으면 흔들리는 등잔 속 빛.

혀를 어디에 두었더라, 어지러운 머리를 마주 대면
깨어진 물비늘이 가득한 만화경 속이었지.

⁂

가까운 미소와
귀 뒤의 공포.

⁑

달이 녹아 발밑의 진창이 된다면.
손가락이 너무 많군요. 속눈썹이 쓸모없이 길군요.
눈빛은 비늘을 빼앗긴 물고기처럼 깊은 감옥을 헤맨다.

상하고 썩는 말과 마음.
열쇠이자
덫인.

모두가 무서운 비밀을 숨긴 채 새로 돋은 파도 위를 걷는구나.

찢어진 깃털을 회오리에 내어준 채.

*

.

겨울 가지처럼

안으로 흘러들어
기어이 고였다

온통 멍으로 출렁이던 몸
두려움에 독주머니를 가득 부풀린
괴이하고 작은 짐승

가지꽃이 많이 피면 가문다더니
손가락으로 열매를 가리키면
수치심에 겨워 낙과한다니

몸속에 위독한 가지들을 매달고
주렁주렁 걷는 사람에게
고결은 얼마나 큰 사치인가

숨기려 해도 넘쳐 맺히는
시퍼런 한때가 있어서

찢어진 가지마다 심장이 따라붙어

우리는 모서리를 길들이기로 했다

한 바구니 두 바구니 수북이 따서 모은
열매들의 참담을 생각하면
부푸는 속내와 어두운 낯빛 사이에
물혹 같은 곤란함이 도사리는데

겨울 가지는 삶아놓으면 더 푸르러지고

푸르다는 건 내부에 멍이 깊은 병증이라
피부 밑으로 서서히 들이치는 겨울
가지의 색

정글짐

너는 몇 층의 눈을 가졌을까 번져가는 미로에 숲을 숨기며

울창과 폭로가 뒤엉킨 숲이었어
추락에도 종과 횡이 있어서
기분을 들킬까 두려워 난간에 올랐지

손바닥이 뜨거운 금속의 냄새로 무성해졌고

포도송이처럼 둥글고 말랑한 방들이었으면 했어
여기는 여전히 중세로구나

덤불과 덩굴의 차이점을 떠올리면
입에서 모래가 끓고

엉성하게 기워 세운 성체의 나무 문에
녹슨 못들만 잔뜩 박았지
문지기가 되어줄 것도 아니면서
누가 더 오래 말을 아낄지 내기했다

함부로 드나들고
분별없이 휘저어져도 좋았을 텐데

무늬 없는 옷들이 쉽게 상처 입듯이
유년은 쉽게 더러워지고

왜 오래 머금은 말들에서는 단내가 날까

넝쿨처럼 섞여든 한밤중이길 바랐는데
올려다본 너는
새카만 눈동자가 여러 겹의 얼굴을 뒤덮은
너는

감염

호일을 오래 씹어 눈 안쪽을 빛으로 채울 때
맛을 방해하는 기후들이 나타나고
부끄러움을 모르는 마음이

생겨

아침에 일어나 이별의 말을 떠올리면
입술에서 굽이치는 번개들
멀어지는 밤의 나무들

복도의 긴 간이 의자와
안으로만 열리는 창문
더러운 무릎 담요가 감추고 있는
빛과 뼈

숨을 급하게 들이쉬면
번개의 맛에 길들여지고
침대의 증상이 깊어진다

나무들이 유년의 몸을 놓아주듯
생겨남은 없는 것을 잃어버리게 하고

두 눈을 지그시 눌러
터져 나오는 빛을 구경하면

감은 눈 사이에서
공들여 완성된 병이 휘황해졌다

다족의 밤

항아리 안에 지네, 뱀, 두꺼비, 거미 등의
독짐승들을 가득 채워 서로 죽이게 하여
남은 한 마리를 고蠱라 하고,
그것으로 만든 독을 고독이라 한다

잠에서 깨어나 허겁지겁 불은 면발을 집어삼키면
치사량의 계단들이 몸으로 밀려들어왔다

어디 갔었어
거기 있었구나
그런 말을 들으려고

모조리 먹어치워야 할 헛것들이 생겨났다

우아하던 우울도 난폭해질 때가 있어
돌연 사람을 무는 반려견처럼

한밤중
귀를

기울이면

계속해서

내려가는

발자국

소리

나 아닌 것들로 가득한 방에서
아직 녹지 않은 슬픔을 핥아 먹으면
입가가 흐려지고
오래 묵혀 끈적해진
숨들이 우글거린다

한 방울의 수심을 만들어내기 위해
이토록 검은 걸음이 필요했던 걸까

웅크린 몸에서
무수히 많은 다리가 돋아나왔다

블랙 베이비

끝없이 거짓을 노래하는 아기를 알고 있어

서늘해진 심장 근처에 매달려
위태로운 척추를 타고 오르던
귀여운 아이를

네가 웃음 지을 때
검게 물든 입가에서 물컹한 비밀들이 흘러내렸어

얼굴 속의 얼룩, 얼룩 속의

얼굴

기만 속에서라도 행복하면 그만이야
너는 말했지만
그늘로 이루어진 몸을 기억해
수상한 무늬로 파문 지던 눈동자를

껴안은 품의 속임수와 협잡만을 사랑할 때

네 작은 천사를 나에게 줘, 너는 속삭였지만
찢어진 날개를 버리고 떨어지는
상냥한 물방울들

밤의 단면을 헤집는
얼룩의 얼굴, 얼굴의 얼룩

우리는 믿고 싶은 것을 믿으며
각자의 늪에 빠져든다

얼룩에서 얼굴이 드러남을 생각하면서

타오르는 바퀴

불붙은 마차는 멈추지 않고
타오르는 숲의 절망을 따라
나무들이 몸을 비트는 소리

스러지는 검불을 싣고 어디까지 갈 수 있을까

함께 마시던 술에 혼자 취해 시든 해바라기를 바라보면
머금었던 그늘을 내뿜는 샤워기 같았지
환히 빛나던 것들일수록 더러운 씨앗을 품으니

웅덩이를 밟으며 혀와 아래의 일을 떠올리면
눈 뒤편에서 두 개의 바퀴가 맞물려 돌아가는 소리가 들려

마차는 부서지고
말들은 달아났다

발설은 순간이며 탄로는 영생하는 것
쫓기는 꿈을 꾸고 비밀로 얼룩진 숲을 걷는다

한편에는 불타는 숲
다른 편에는 흩어지는 안개

눈에서 일몰을 떨구며 잿빛 숨을 내쉬면
꿈은 밤을 싸 온 보자기처럼 서서히 물들어간다

붉음이 흘러넘쳐 세계를 뒤바꿀 때가 있지
자신이 흘린 촛농에 꺼지고 마는 촛불처럼

꽃들은 제 몫의 태엽을 다 돌린 후
별 아래 타오르는 얼굴을 버린다

01

식물이 떠난 자리에선 무성한 포기의 냄새가 피어났다. 홀로에게 들려준 귓속말이 한쪽 날개를 접고 잠겨들 때 목소리들이 다시 찾아올 화단이 되고 싶었어.

두꺼운 이불 아래에서 서로를 만지며 몸을 눈치채던 겨울이었지. 가능한 온도와 불확실한 입술 중 너는 어느 쪽이었을까. 우리의 이야기는 추운 창을 사이에 두고 나눈 손가락 대화 같았어. 흐르며 떠도는. 글자들에 물방울이 맺혀 흘러내릴 때 넌 그걸 지나온 미래들이라고 불렀지.

우편함에 방금 만든 눈사람을 놓아두고 추운 방으로 돌아가던 사람을 생각해. 녹아가는 동시에 발견되고 싶었던. 00. 01. 손바닥에 뜻 모를 숫자들을 그려주던 시간. 하지만 이제 마른 꽃의 일은 무릎에게. 오늘 저녁의 일은 폭설에게 묻기로 했지.

눈사람은 왜 발이 없을까. 얼어붙은 오르막을 걸으며 중얼거린다. 떠날 필요가 없으니까. 이어폰을 끼면 음악이 출구를 몰라 떠돌듯 눈사람의 걸음은 자신 안에서 한

없이 무수해진다고.

부름에 물음을 더하면 약속이 된다고 믿었는데. 귓속에 심어두었던 목소리들이 녹아들면 멈춰 서서 몸의 모서리가 짓무르기를 기다렸다. 얼어서 투명해진 화초의 발처럼. 영영과 영원 사이에서.

생장기生長記

소유정
(문학평론가)

0. 발아 이후

대개 흐르는 존재에는 결이 있다. 빛과 물이 그러하듯 시 역시 저마다의 결을 갖는다. 그중 이혜미의 시는 물무늬를 가진 시로서 고유하다. 두번째 시집 『뜻밖의 바닐라』(문학과지성사, 2016)에서 시인이 "글자들이 헤엄치는 어항을 들고/2인칭의 세계로 들어선다"(「시인의 말」)고 말한 바 있듯, 이혜미의 시는 물기를 머금고 백지 위를 헤엄쳐 우리에게 왔다. 유영하는 세계의 물결을 온몸에 새기는 것으로 무늬를 입은 시. 이것이 그간 이혜미의 시에 대한 짧은 감상이다. 그렇다면 지금 우리 앞에 놓인 이 시집은 어떻게 읽어야 할까. 수면 아래로 굴절된 빛처럼 찬란하고, 조금은 눈이 시릴 정도로 아픈 이야기를. 좀더 유의미한 독해를 위해서라면 지난 시집의 물결 사이를 잠시 파고들어도 좋을 것이다. 시(인)의 세계를 읽어내는 것은 단일한 한 권의 시집으로도 충분하나, 시집과 시집 사이, 시와 시 사이에 놓인 유기적인 행간을 짚어본다면, 눈앞의 세계에 대해 좀더 자연스럽고 심도 깊은 이해가 가능할 테니 말이다.

『뜻밖의 바닐라』를 경유할 때, 눈에 띄는 것은 바로 '관계'다. '너'와 '나'는 '우리'라는 하나의 대명사로 호명되어 "가장 어둡다는 빛을 찾으러"(「다이버」) 가기도 하는 긴밀한 관계를 유지해왔지만, 시집의 후반부에 이를수록 점차 각각의 '너'와 '나'로 분리되는 경향을 보인다. "동시에 포옹하는 두 손"이 "서로의 박자를 의심"(「간절」)하기 시작했을 때부터일까? 이는 「개인적인 비」에서 보다 명확한 구분으로 나타난다. "우리는 아름답게 걷는다. 근사하지만 하나는 아니야. [……] 근사하다는 건 가깝다는 것. 나는 하얗고 너는 희다. 나는 혼자이고 너는 하나뿐이다. 비슷하지만 같은 건 아니야"(「개인적인 비」). '너'와 '나'는 아주 유사할 정도로 근사近似하지만, '하얗다'와 '희다'가 다르듯, 또 '혼자'와 '하나'가 다른 것처럼 '우리' 사이엔 분명한 차이가 존재한다. 미약한 다름이 '우리'를 가른 것일까, 아니면 다른 무언가로 인해 차이가 발생한 것일까. 선후 관계는 알 수 없지만 관계의 균열이 조금씩 커져가며, 이후부터는 차이를 짚어내는 말보다 그저 말을 삼키는 것으로 말을 대신하는 화자의 모습이 목격된다. "안으로만 싹트고 안으로만 글썽이는"(「금족령」) 것들을 입에 물고, "점점 창백해지는 혀를 안으로 안으로 말아 넣"(「미기록의 날들」)었음을 고백하며 그는 흘려보낸 날들에 대한 기록을 대신해왔다.

이제 궁금한 것은 내부에 쌓인 말들의 행방이다. 그것은 시 안에서 주로 씨앗의 모습으로 잠재되어 있었다. '나'의 안에 있는 "수없이 많은 씨앗"(「뜻밖의 바닐라」)은 아직 열매를 맺지 않았기에 어떤 맛인지 알 수 없는 미지의 것이며, 그렇기에 무엇이라도 될 수 있는 바닐라(순정) 상태의 말들이다. 시의 영역 안에서라면 한 잎의 시어와 한 줄기의 문장으로 자라나 한 송이의 꽃을 피워 하나의 열매로 맺힐 수 있는 무궁무진한 가능성을 내포한 무엇일 테다. 하지만 그것은 발화發話되지 않았기에 발화發花할 수 없다. "입에 넣고 아무리 굴려도 줄어들지 않던/작고 미지근한 열매가/한없이 부풀어 오르기 시작했다"(「붉고 무른 보석을 받고」)는 예고처럼 시적 주체의 내부를 토양 삼아 그 안에 조용히 뿌리내릴 뿐이다.

시간이 흘러 마주한 세번째 시집 『빛의 자격을 얻어』에서 우리가 식물화된 주체를 만날 수밖에 없는 까닭은 지난 시집에서 삼킴으로써 심어둔 씨앗들이 성공적으로 발아했기 때문이다. 축축하게 물기를 머금은 주체의 내부는 씨앗이 뿌리를 내리기에 더없이 좋은 환경이었고, 시간이 흐른 만큼 그것은 이미 '나'의 안에 울창한 숲을 이룬 뒤다. 하지만 싱그러운 느낌을 주는 푸른 잎이 무성한 숲이라 보기는 어렵다. 나무가 빽빽하게 들어서 있기는 하나 어지럽게 가지만이 뻗어 있는 앙상한 모양새다. 왜일까. 그것은 아마도 지금의 '나'가 나무에게 더는 성장할 수 없는 비좁은 세계이기 때문일 것이다. '나'와 숲은 더 이상 공생할 수 없다. 아무렇게나 뻗은 가지가 점점 '나'를 해치는 것도 그 이유다. 뱉을 수 없기에 삼키고 말았지만, 이미 시적 주체의 내부에 자리한 숲을 꺼내는 일은 쉽지 않다. 그럼에도 더는 지체할 수가 없다. 입 밖으로 자라나지 못한 말들이, 궁금한 맛의 열매를 맺을 수많은 가지들이 계속해서 '나'를 두드리고 있으므로. 그렇기에 '나'의 안에서 자라나는 것들에 대한 생장을 지속시키기 위해서는 더 넓은 공간으로의 확장이 불가피하다. 그것이 어떻게 가능할까. 실마리를 찾기 위해서라면 무엇보다 안의 세계를 들여다보려는 시도가 우선이 되어야 할 것이다. 마음 깊은 곳을 가장 잘 들여다볼 수 있는 시간에 이르러 조용히 눈을 감는다. 그리고 주문처럼 남은 문장을 외며 그곳을 향해 간다. 낮게 더 낮게, 심연으로. "밤마다 자신 안으로 잠수하려 불을 끄고 이불을 덮는 자여. 일정량의 암흑을 노역하는 이들이여. 빛나기 위해 깨어지는 것들이 낭자한 밤. 감은 눈을 손으로 누르면 밤의 만화경이 천천히 돌아간다"(「창문 뒤의 밤」).

1. 나무 – 주체

말들이 단단하게 뿌리내린 대지에 이르러서야 주위를 살핀다. 짐작했던 풍경의 숲속에 있다. 이번 시집에서 '숲'에 대한 시인의 감각은 주체의 내부에 깊게 들어차 있는 그것만큼이나 집요한 구석이 있다. "비밀로 얼룩진 숲"(「타오르는 바퀴」)이나 "울창과 폭로가 뒤엉킨 숲"(「정글짐」)과 같은 부분적인 언급도 그러하지만, 「숲의 검은 뼈」 「머무는 물과 나무의 겨울」 「회전 숲」 「물에 비친 나무는 깨지기 쉽습니다」 등 다수의 시편에서 숲 이야기를 하며 면밀하게 '나'의 안을 들여다보고 있는 모습이다. 그중에서도 지금의 상태에 대한 진단과 같은 시가 있다. 「겨울 가지처럼」을 보자.

안으로 흘러들어
기어이 고였다

온통 멍으로 출렁이던 몸

두려움에 독주머니를 가득 부풀린
괴이하고 작은 짐승

가지꽃이 많이 피면 가문다더니
손가락으로 열매를 가리키면
수치심에 겨워 낙과한다니

몸속에 위독한 가지들을 매달고
주렁주렁 걷는 사람에게
고결은 얼마나 큰 사치인가

숨기려 해도 넘쳐 맺히는
시퍼런 한때가 있어서

찢어진 가지마다 심장이 따라붙어
우리는 모서리를 길들이기로 했다

한 바구니 두 바구니 수북이 따서 모은
열매들의 참담을 생각하면
부푸는 속내와 어두운 낯빛 사이에
물혹 같은 곤란함이 도사리는데

겨울 가지는 삶아놓으면 더 푸르러지고

푸르다는 건 내부에 멍이 깊은 병증이라
피부 밑으로 서서히 들이치는 겨울
가지의 색

—「겨울 가지처럼」 전문

"안으로 흘러들어/기어이 고였다"는 첫 문장은 시적 주체에게 스며들었던 액체의 기억을 환기한다. 그것은 화자의 세계나 다름없던 물 그 자체일 수도, 또는 깊어지는 관계 속에 타인과 교환했던 액체에 대한 것일 수도 있다. 분명한 사실은 그에게로 흘러들어온 것들이 지금은 온몸 가득한 멍이 되었다는 것일 테다. 병증은 점점 더 깊어진다. "가지"는 슬픔을 양분으로 하여 자라나는 걸까. "넘쳐 맺히는/시퍼런 한때가 있어서" 가지는 그만큼 날을 세우며 생명을 연장한다. "찢어진 가지마다 심장이 따라붙"었다는 말이 그 증거다. 하지만 화자에게 여전히 선명한 "한때"의 기억 때문에 가지는 "찢어진" 채 자꾸만 그를 찌른다. 해결책이 있다면 "모서리를 길들이"는 것뿐이다. 무엇을 할 수 있을까. 뾰족하고 앙상한 끝을 길들이기 위해 할 수 있는 건 더 큰 고통을 감내하더라도 내내 품어 온기를 전하는 일이 아닐까. 긁혀서 피가 나고 피가 맺힌 자리에 또다시 푸른 멍이 생긴다 해도 말이다. 그렇게 "피부 밑으로 서서히 들이치는 겨울/가지의 색"이 "푸르다는 건", 끝없이 곪아가는 주체의 내부에 대한 아픈 비유다. 이와 같은 병증은 짧은 시간 안에 진행된 것이라기보다 긴 시간에 걸쳐 깊어진 것이라 짐작할 수 있는데, 게다가 화자가 이 상태에 머물러 있기를 선택한 것처럼 보인다는 점에서 주목할 만하다. 그는 치료와 재생을 위한 시도보다 '어쩔 수 없음'에 가까울 정도로 고통을 더한 고통으로 감내하는 모습이다. 왜일까. 그것은 화자가 "기다림이라는 직업을" "조용히 겪어내"(「웨이터」)고 있다고 말한 바 있듯, 흘러가는 것은 오직 시간뿐인 이 세계에서 시간을 견디는 그의 기본적인 자세가 '기다리는 것'이기 때문이다. 가령 「웨이터」는 시의 제목이 그러하듯 '기다리는 사람'에 대한 이야기다. "옛 기약들"을 남기고 "앞서간 사람"이 있다. 화자는 그를 따라가지 않고 "천천히 투명해"질 때까지 "그 자리에 멈춰 서" 기다리기만 한다. "왜" "다시" "만약"이라는 말의 여러 면을 돌아보며 시적 주체는 내내 그 자리에 서 있다. 그가 기다리는 것은 무엇일까. 앞서간 이가 다시 돌아오기를 바라는 것일까, 아니면 "옛 기약"이 닿을 시간까지 고요하게 그저 도달하기를 바라고 있는 걸까. "무언가를 기다리는 듯"(「회전 숲」)하지만, 정확히 "무엇을 기다리는지"(「새벽과 색깔들의 꿈」)도 희미해진 모양새다. 이제 '나'에게 "기다리는 것은 멀리의 걸음들을 애써 미리 겪어보는 일"(「눈빛이 액체라면」)이다. 이곳, 그의 숲에서. 화자의 모습을 비추는 시 한 편을 더 보자.

아무리 채근해도 자라지 않는 나무가 있다기에 저녁을 기다려 숲을 걸었습니다. 하늘이 가지들로 균열 지면 나이테의 간격으로 번져가는 근심들. 시간이 사람을 모르듯 나무는 숲에 서툴러 허황된 꿈을 헤맵니다.

[……]

몸
영혼의 우주복.

뭄
물구나무를 심은 숲.

뒤집어보면 정수리부터 흘러나오는 뿌리의 두려움, 일부러 물을 구하는 나무는 없지만 꿈을 지어 가지려는 헛된 시도로 우리는 끝내 이 숲을 낭비하는군요. 무엇도 흐르지 않는다는 귓속말을 기억합니다. 나무는 지금 자신에게로 깊어지는 중, 육체는 잠시 맺혀 있는 물의 시간인 것을요. 무모한 외투를 걸치고 거꾸로 서 있는 나무들에게 곁을 내어준다면, 이 숲길의 끝에서 나무들의 가신家臣, 떠돌이 사내를 맞이할 수도 있겠습니다.

—「머무는 물과 나무의 겨울」 부분

앞의 인용 시 「겨울 가지처럼」이 화자 내부의 병증을 살핀 것이었다면, 이 시는 여전히 심연의 공간 안에 있으나 숲 전체를 비춘다. 숲을 거니는 그의 시선에 한 그루의 나무가 걸린다. "아무리 채근해도 자라지 않는 나무", 바로 "거꾸로 서 있는 나무"다. "거꾸로 서 있는 나무"는 시집에 실려 있는 다른 시편에서도 종종 발견할 수 있는 이미지인데, 앞서 고여 있는 상태의 내부와 "머무는 물"이라는 제목으로 미루어볼 때, 화자의 내면에 고인 물이 일종의 거울 역할을 하고 있다고 짐작할 수 있다. 다시 말해 "거꾸로 서 있는 나무"는 수면 위에 비친 나무의 모습을 전경화한 것이다. 물에 비친 하늘은 "가지들로 균열" 져 있고, 수면 위의 잔잔한 파동은 "나이테의 간격"만큼이나 "근심"으로 번져간다. 하지만 이것이 정말 '나무'만을 말하는 것은 아닐 테다. 마음 안에 거울을 두고 그것을 바라본다면, 거울에 비친 이의 모습을 전경화하였을 때 그는 "물구나무"를 선 것처럼 보임직하다. "지금 자신에게로 깊어지는 중"이며 "잠시 맺혀 있는 물의 시간"을 가진 "육체"는 화자의 것과 다르지 않고, "거꾸로 서 있는 나무"는 그의 자화상과 다름 아니다. 그런데 이 자화상은 나무-주체의 형성과 무관하지 않다. 앞서 살펴본 바와 같이 뱉어내지 못한 말의 씨앗을 삼킴으로써 형성된 것이 이혜미 시의 나무-주체이기에 수면 위에 비친 자화상은 내면에서 억압된 채 몸집을 불려온 욕망에 대한 언어 활동으로 이해될 수 있기 때문이다. 그러나 머무는 물로 인해 이러한 상태가 지속된다면, 내면으로의 여행을 택한 시적 주체의 궁극적인 목적이라 할 수 있는 발화發話/發花는 이루어지기 어렵다. 수면 위의 얼굴이 그것을 가로막고 있기 때문이다. 따라서 지금의 화자에게 필요한 건 점점 "자신에게로 깊어지는" 나무를 들여다보는 것이 아니라, 그러한 나무가 서 있는 수면을 깨뜨리는 시도다. 방법은 간단하다. "물에 비친 나무는 깨지기 쉽습니다"라는 제목을 힌트 삼아 수면에 가벼운 물살을 불러오는 것이다. 고여 있던 것에 결이 생기고 비추던 것이 사라져 요동친다면 그만큼의 고통이 찾아오겠지만, "어긋났던 전생"과 같은 기억을 "되새길 때/자주 들여다본 거울은 조금씩 멀어"(「물에 비친 나무는 깨지기 쉽습니다」)질 수 있다. 그렇게 자신의 아픔과 직면한 풍경이어야지만 "뿌리의 두려움"을 어루만질 수도 있는 것이다. 타인에 의해서가 아닌, 오직 '나'에 의해 다시금 흐르는 물결 사이로 손을 내밀어본다. 흘러나오는 상처의 안쪽에서 무언가 손에 잡히는 것이 있다. 열쇠다. "땅의 문을 열기 위하여" "꽂혀 있"던 "오래된 열쇠"(「물에 비친 나무는 깨지기 쉽습니다」)의

정체는 사실 오랫동안 묵은 "상하고 썩는 말과 마음"이다. 문제는 이것이 "열쇠이자/덫"(「난파선 위를 걷는」)이라는 점일 것이다. 덫일지 모를 열쇠를 쥐고 계속 가야 하는가? "땅의 문"을 열기 위해서는 어떻게 해야 하는가. 아직 풀리지 않은 물음이 남아 있다.

00. 발화發話/發花

이렇게 얇고 가벼운 종이컵 하나에도 제 나름의 최대 수심이 있어요. 후, 불면 활짝 몸을 여는 입김의 미닫이가. 그때의 아름답고 경솔했던 편지들, 옷깃에 묻혀두고 온 속눈썹의 무게만큼요.

시계를 놓고 갔네요. 멀게 다가오는 궤도에 대해 골몰하느라 달은 매일 조금씩 다른 자세를 연습하는군요. 남겨두고 온 것들은 모두 문이 되었습니다.

오늘은 이 방이 온전히 홀로일 수 있도록 정중히 문고리를 잡고 악수합니다. 스쳐 지나는 일로 우리는 그 여닫힘의 비밀을 발견하려 하지만, 문은 닫히는 순간 자신을 향해 깊어지기 시작합니다.

남겨진 질문들을 모아 부름의 형식을 갖춘다면 순간은

드넓어질 것입니다. 그 빈 어깨 위에, 조심히 눌러보았던 혈자리 사이에서 가능성의 매듭이 엮이는군요.

시침에게로 다가서는 분침처럼 가깝게 멀어지기 위해 생각은 다양한 각도를 시험합니다. 철 지난 미신을 나눠 갖고 문을 향해 스미는 일로 공간의 안팎을 완성하려 합니다. 손우물에도 순간의 중심이 생겨나듯이, 언제나 최선을 다하는 물의 자세처럼.

열림이 맺힘으로 고여드는 이 세계에서, 우리는 문의 속내를 끝내 알 수 없습니다. 잠시의 마주침만으로 최대한의 밀도를 짐작해볼 뿐.

—「깊어지는 문」 전문

시적 주체가 열어야 하는 '문'에 대한 단서라면 시집 곳곳에 남아 있는 것들이 많으나 그중에서도 위 시의 중의적인 의미의 다양한 문에 대해서는 생각해볼 만하다. 문이 열리고 닫히는 사이 "스쳐 지나는 일로" 타인과 관계를 맺기도 하는 마음의 문, 그리고 "남겨진 질문들"이 그렇다. 시집에는 "왜 오래 머금은 말들에서는 단내가 날까"(「정글짐」), "우리가 빛을 옮겨 올 수 있을까"(「디자이너」)와 같은 물음들이 열리지 않은 채 흩어져 있다. 그러나 무엇보다 이혜미의 시에서 떠올릴 수 있는 문이

란 닫힌 지 오래인 하나의 문뿐이다. "열림이 맺힘으로 고여드는 이 세계에서" 가능한 한 "최대한의 밀도를 짐작"하게 하는 것. 이전까지는 타인과의 교감을 위한 통로였으나, 언젠가부터 굳게 닫혀 있던 입이 그것이다. "이 방이 온전히 홀로일 수 있도록 정중히 문고리를 잡고 악수"하는 것으로 거리를 두며 화자는 아직까지 굳게 입의 문을 지키고 있다. 모든 일의 시작이나 마찬가지인 입이 열어야만 하는 문임을 확인했다면, 이제 그 문을 어떻게 열지에 대한 궁리 또한 필요하다. "땅의 문"과 입. 어쩐지 낯선 연결인 것 같지만, 이혜미의 시에서 중요하게 쓰여온 존재의 안팎을 뒤집는 행위라면 충분히 가능하다. 이전까지 이혜미의 시에서 안팎의 전복은 "타자와의 교감과 결합을 추구하는 시도"*로 쓰여왔다. "안팎이 서로를 침범"할 때에도 '우리'는 그것을 경계하기보다 "몸속 바다를 뒤집어 서로에게 내어주는"(「다이버」) 것으로 '너'와 '나' 사이를 견고히 해왔으니 말이다. '너'라는 대상 없이 홀로 안팎의 전복을 꾀하여야 하는 지금은 이전보다 더 쉽지 않은 상태임이 분명해 보인다. 하지만 "나는 거꾸로 자라는 식물"(「로스트 볼」)이라는 선언처럼 그가 자리하는 세계 전부를 뒤집어본다면 해답을 찾을 수 있지 않을까. '나'의 안에 푸르게 고인

* 오형엽 해설, 「상징과 유비의 연금술」, 『뜻밖의 바닐라』, p. 141.

것들마저 모조리 쏟아질 수 있게, "입속의 심해"를 "사람의 천장"(「다이버」)으로 보이도록 온 세계를 전복시킨다면 말이다. '눈물'이 '롬곡'이 되듯이.

심장을 보려 눈을 감았어. 부레의 안쪽이 피투성이 시선들로 차오를 때까지. 어항을 쓰고 눈물을 흘리면 롬곡, 뒤집힌 우주가 안으로 쏟아져 내렸어.

행성의 눈시울 아래로 투명하게 부푸는 물방울처럼, 빛을 질식하게 만드는 마음의 물주머니처럼. 흐르는 것이 흘리는 자를 헤매게 한다면 어떤 액체들은 숨은 길이 되어 낯선 지도를 그리겠지.

사랑하는 자는 흐르는 샘처럼 고귀하나 사랑받는 자는 고인 진창을 겪으니. 진공을 견디는 발목, 어둠 속을 서성이는 걸음들.

우주를 딛고 일어서는 힘으로
발끝이 둥, 떠올랐어.

—「롬곡」 부분

"뒤집힌 우주가 안으로 쏟아져 내"린다면, 그 안에 고인 것들이 전부 쏟아진다면 "어떤 액체들은 숨은 길이 되어 낯선 지도를 그"릴 것이다. 액체들이 흘러들어간 곳, 전복된 세계로 인해 다시금 흘러나오는 곳에서 "우주를 딛고 일어서는 힘으로" 마침내 문이 열린다. 입술이 벌어진다.

굳게 닫혔던 문이 열려 말들이 새어 나오는 사이, 잊고 있던 것이 떠오른다. 이 시집의 제목이 "빛의 자격을 얻어"임을 기억한다면, 주체의 심연으로 침잠하기 위해 오랫동안 눈을 감고 있던 사실을 잊고 있지 않다면, 자신의 내부를 들여다보기 위해 수없이 밤과 꿈을 서성였던 화자 역시 눈을 떠야 한다는 것을. 그가 통과해야 하는 마지막 문은 "닫힌 눈꺼풀"이다. 그것이야말로 "몸의 가장 어두운 뒷면"(「닫힌 문 너머에서」)이기에. 자신의 안쪽을 빠짐없이 살펴 스스로 전복을 꾀할 수 있는 자에게만 주어지는 마지막 열쇠는 "빛의 자격"(「홀로그래피」)일 테다. 이제 그는, 우리는 눈을 뜰 준비를 모두 마쳤다. "잎사귀의 눈꺼풀과 내뻗은 가지로 세계를 다시 얻"(「종이를 만지는 사람」)을 이로서 천천히 눈을 뜬다. 빛이 쏟아진다.

01. 만개

겨울이 복용한 가루약이 서서히 헐거워지는 새벽입니다. 크게 앓고 일어나 몸의 뒷면을 바라보면 빛으로 다 스며들지 못했던 무늬들이 떠오르는군요. 실수로 삼켜버렸던 눈보라를 생각합니다. 스스로 가지를 꺾는 번개들. 자신 안의 망령을 찾아 떠나는 여행 속의 여행. 흐르는 것이 흐르는 것을 더럽힐 수 있을까요. 우리는 금 간 접시 위로 돋아나던 작은 손가락들을 보았지요. 구름 위를 유영하던 흰 돌고래, 뒤늦은 감정처럼 흘러내리던 물방울과, 비둘기 날개의 다채로움도요. 하늘을 휘저었던 폭풍의 무늬가 살 아래로 드리우면, 오래 버려둔 어깨 위에 차가운 광선들이 쏟아집니다. 가루약이 빠르게 펼쳐지며 무수해지듯 우리는 깨져버린 것들이 더 영롱하다는 것을 알지요. 창문에 적어두었던 소식들이 서서히 휘발하고 세계의 한 귀퉁이가 접혀듭니다. 사랑하는 헛것들. 빛의 자격을 얻어 잠시 굴절을 겪을 때, 반짝인다는 말은 그저 각도와 연관된 믿음에 불과해집니다. 우리는 같은 비밀을 향해 취한 눈을 부비며 나아갈 수 있을 테지요. 두 눈이 마주치면 생겨나는 무한의 통로 속으로. 이미 깊숙해져 있는 생각의 소용돌이를 찾아. 떠올린다는 말에 들어 있는 일렁임을 다해서.

—「홀로그래피」 전문

마지막으로 이 모든 걸음의 아름다운 결말과 같은 시를 함께하지 않을 수 없다. 겨울의 매섭던 눈보라도 잦

아드는 새벽이다. “자신 안의 망령을 찾아 떠나는 여행 속의 여행”은 이제 끝이 보인다. 여행을 통해 우리는 “깨져버린 것들이 더 영롱하다는 것”을 깨달았다. 깨진 조각 하나를 집어 들어 빛과 조우할 때, 찰나의 마주침으로 반짝거리는 무언가를 볼 수 있다는 것 또한 안다. 다시 눈을 떠 아침을 맞이할 이 역시 그럴 것이다. “멀리를 매만지던 눈 속으로 오래 기다린 풍경들”(「원경」)이 쏟아질 때, 그 빛은 그의 아주 깊은 곳, “물방울”들이 맺혀 있는 자리에 닿아 아직 흘러나오지 못한 말들을 비출 것이다. 눈이 부실 만큼 반짝이는 말들을 시인은 더 이상 삼키지 않고, 감추지 않고 내보일 것이다. 지금 우리가 만난 이 시들처럼. 백지 위의 홀로그래피로 이혜미의 시는 이토록 빛난다. 덧붙이고 싶은 말이 있다. 홀로그래피는 “홀로의 자격”(「리플레이」)을 얻어 오롯이 ‘나’만의 이야기와 목소리로 기록된 것이라 또 다른 의미를 가진다. 더 이상 어떤 관계의 맥락 안에서가 아닌, 홀로holos의 완전함을 지닌 것으로 이혜미의 시는 한발 더 나아간다. 빛을 향해 팔을 뻗는 나무의 가지만큼. 그 가지 끝에 맺힐 빛의 열매를 입안 가득 맛보고 싶다. ▨